사유악부 시인선 02

을들의 노래

정혜경 시집

사유악부 시인선 02

정혜경 시집

을들의 노래

우리의 아이들에겐
똑같은 임금 평등한 세상을 물려줘야 합니다
이 우주엔 차별이란 별은 없습니다
차별은 인간들이 만든
쓰레기별입니다 여러분!

사유악부

그림 제공_ 한겨레신문 그림판 권범철 기자

시인의 말

시인은 사물의 본질을 제대로 파악하며,
그것을 예술로 승화하는 사람이라 생각해 왔다.
그래서 나는 감히 넘볼 수 없는 영역이라 생각하며 살았다.
하지만 언제부터인가 거리에서 만난
평범한 사람들의 이야기,
우리들의 이야기가 시로 들렸다.
갑이 아닌 을들의 이야기를 시로 받아 적었다.
을들의 이야기야말로
우리 삶의 최전선에 있지 않을까 하는 마음에 용기를 냈다.
을들이 사는 삶의 이야기들이
세상에 울려 퍼져나갔으면 좋겠다.
시도 특출한 시인만 쓰는 것이 아닌 것처럼
우리 사회의 정치도
특출한 정치인들이 아닌
평범한 사람들이 하는 것이라는 것이
상식인 사회가 되기를 희망한다.

차례

1부 일은 같았는데

2부 어디선가에서 누군가
울고 있을 거란 생각에

3부 차별은 인간들이 만든 쓰레기별입니다 여러분!

$\dfrac{1}{부}$

일은 같았는데

2002_2006

한국 OO 전자 라인 비정규직

일은 같았고 신분은 달랐다

일은 같았고 월급은 절반

일은 같았고 한 달에 한 번 재계약

일은 같았고 5년간 60번의 재계약

일은 같았고 끝내는 해고

일은 같았는데

일은 지금도 같은데

탈의실에서

탈의실에 왔어요
옷을 벗고 근무복으로 갈아입어야 해요

오늘도 하루 종일 일합니다
시급 일만원도 안되는 인생,
생활이 힘들어요

뉴스가 나오네요 미친 아재 엔터테인트먼트에서
애기 같은 소녀들을 벗기다 걸렸네요

시급도 제대로 못 받고 일합니다
당신은 정규직 나는 비정규직

휴일 초과근무는 비정규직에게 돌아가요
이 세상은 힘 있는 중년 아재들의 세상

우리 보고 자꾸 벗으라 하네요
사는 게 하도 기막혀서 못 먹는 술을 배웠어요

힘없는 청년들이 우리도 마찬가지라 하네요
영혼이라도 팔고 싶지만 이제 누가 사가겠어요

재벌들 부자들 정치인들 고위 관료들 나리 나리 개나리들
우리를 사람 취급하지 않아요

미친 나라 개돼지들 항의하면 빨갱이래요
아무 말 하지 말고 일하고 아무 말 하지 말고 벗으라네요

인생은 빌어먹을 일의 연속
인생은 빌어먹을 일의 연속

탈의실을 나갑니다
이제 일하러 갑니다

잡부와 조리실무사

어느 해 가을이었어요

그날은 학교별 배구대회가 있었죠

마침 우리 학교가 다른 학교를 이기고 있었답니다

다른 학교 선생님이 우리를 보고 말했어요

급식소 사람이 선수로 뛰고 있냐고요

우리는 그렇다고 말했죠

그 선생님은 잡부가... 라며 말끝을 흐리더군요

잡부가... 잡부

그 말이 너무 서러웠습니다

우리는 잡부였어요

노조가 필요했습니다

투쟁도 필요했습니다

저는 퇴직했지만요

후배분들에게 조리실무사, 라는

근사한 직함이 생겼습니다

제대로 된 이름을 불러주세요

우리들의 새벽이 달라진답니다

갑을과 동행

카페가 아니라 빵집에서 만나자 하더라
마침 빵 살 일이 있다고

계약서와 빵과 우유를 테이블에 놓고
갑인 회사 대표가 을인 나에게 이렇게 말하더라

갑과 을 대신 동과 행을 쓰는 게 어떻겠느냐고

세상에는 이런 분도 있더라

창밖 그때까지 안 보이던 벚꽃들이
내게 다가와 꽃을 펑펑 터뜨리더라

갑론을박

독살에 들어 온 숭어 한 마리가 있었다
한 친구가 잡아 회를 뜨자고 말했다
한 친구는 매운탕을 끓이자고 말했다
한 친구는 어죽을 해 먹자고 말했다
싸우는 것 같지만
이들은 평등했다
갑이 말하고 을이 반박하는 세상이어야 했다
지금은 갑언을청이라
갑이 말하고 을이 듣는 세상
갑은 입이 점점 더 커지고
을은 귀를 더 키워야 한다

멸종 위기종

누가 날아가는 새를 보고 멸종 위기종이라고 했다

꽃잎에 붙은 나비를 보고 멸종위기종이라 했다

동물 식물 물고기 꽃

이들뿐일까

기후변화 일본 원전 오염수 미세플라스틱

땅 투기 뇌물 성추행에 찌든 정치인들 땜에

못 살겠네 사람이 최대 멸종위기종이다

우리가 최대 멸종위기종이다

봄밤

공단 길만큼 외로운 길이 있을까

봄밤 공단 길을 옥순 씨와 걸었다

몸에 꽃잎 같은 것이 남아 있지 않는
거 같아요

옥순 씨가 말했고

봄밤 같은 게 오고 있을 거예요

내가 말했다

공단 트럭의 먼지를 뒤집어쓴
개나리꽃

공단 길만큼 슬픈 길이 있을까

옥순씨 앞에 아가리를 벌리고 선
공단 지하도

나는 바지 주머니에 든

몇만원 지폐를 만지작 거렸다

꽃집 같은 게 공단 길에
있을 리 없었지만

을들의 노래

까마득한 4층 계단 양쪽에 생수 묶음 들고
오릅니다

무릎 허리 엉덩이뼈 욱신거리지만
베란다 구석까지 옮겨달라시네요

불볕에 달아오른 철근을 어깨에 메고
임시 사다리 판을 딛고 올라가 철근 결속을
마쳤습니다

새벽에 끓여 먹은 라면 두 개 쉰 트림이
나옵니다

한 대가리 한 대가리 입에 붙은 한 대가리
일도 없어 공치는 날이 많아졌습니다

사무직이지만 비정규직입니다 해마다 시월 말이면
그만둬야 합니다 내년 1월을 기다리는 마음을
아십니까

그 먼 날들을 아십니까 우리 같은 사람에겐 퇴직금이
없어요 열 달짜리 인생

열 달짜리 인생 이것도 언제 끝날지 알 수 없어요

대학을 나왔지만, 받아주는 회사가 없네요
학자금 대출 생활비 대출 빚만 사천

부모님께 면목이 없네요 지방 도시
관공서 알바 자리도 다 토착 유지 아들딸이
차지한답니다

누구는 아이들 급식을 만들고
교무실에서 교사들의 행정업무를 지원하고
행정실에서 공무원의 행정업무를 지원하고
체육수업에서 체육활동을 지원하고
상담실에서 학생상담 활동을 하고
도움반에서 장애아동을 지원하고
돌봄교실에서 아이들을 보육하고
유치원에서 오후반 선생님을 하고
교육복지실에서 학생복지를 지원하고
모두가 퇴근한 뒤 학교를 지키고
학교 구석구석 청소하고
기숙학교에서 교사가 없는 밤 아이들을 보호하고

누구는 과학실에서
누구는 도서관에서
....
학교 안 모든 시간 모든 공간
우리들이 없인 운영이 안 되는데

우리는 학교에서 일한다고 당당하게 말하지 못한답니다

부자들은 모릅니다 이런 데서도 사람이 사나 그러죠
부자들은 말합니다 세금도 적게 내는 것들이

우리도 세금을 냅니다 그런데 복지는 형편없죠
우리도 사람 개돼지가 아닙니다 개돼지라 말하는
당신들이 진짜 개돼지

가난이 죄인가요 가난을 만든 이 망할 나라가 죄이지요
가난이 죄인가요 가난을 만든 이 망할 부자들이 죄이지요

*육조지

1960년 태어나보니 고아라 조져버렸고

1987년 블랙먼데이로 조져버렸고

1998년 IMF로 조져버렸고

2008년 글로벌 금융위기로 조져버렸고

2020년 코로나로 조져버렸고

2023년 일본 원전 오염수로 조져버렸네

잡부 내 인생 다 조져부렸어

어시장 일용 근로자 김도만씨

*육조지: 집구석은 팔아 조지고, 죄수는 먹어 조지고, 간수는 세어 조지고, 형사는 패 조지고, 검사는 불러 조지고, 판사는 미뤄 조진다는 얘기다. 소설가 정을병이 74년 창작과 비평에 발표한 단편 '육조지'에 나온다.

대학 축제 때

경상대 법대 재학시절

학교 축제 때 온 김진숙 지도위원의 말

여대생들 가방 고를 때 디자인 보고
고르제?
근데 그거 고를 때
가방 만드는 사람 생각해 봤나
너희들하고 똑같은 나이
여공 누이들이 그거 만들다가
손가락 잘리고 다친다
너희는 그거 생각해 봤나

그거 생각해봤나....
그거 생각해봤나....

수십년간 따라오는 그 목소리

여름의 끝

올해도 공장 마당 배롱나무꽃이 오래도록
피어 있어 좋았어요

매일 매일 초과근무 2시간 4시간
잔업에 특근에 반장이 아줌마라 불러도
수당 나오면 웃죠

비정규직이라 최저시급이라 번거로운 일이라
서럽네, 하면서 웃죠

여기서 잘리면 아빠 없는 학생 둘
가르칠 수가 없답니다

여기서 잘리면 일년 단위로
하청의 하청 하청의 하청으로
가야 한답니다

돈 없고 애 있는 아줌마
아무도 도와주지 않아요

식당일 남자 화장실 청소 일
함바집 술집 주방 돌아다니다

공장에 오니, 잘 숨은 기분이
들었어요 밖에선 아는 사람
만날까, 늘 걱정이었네요

올해도 배롱나무꽃을 봅니다
먼저 하늘나라 가신 당신

나보고 복사꽃 같다
한번만 더 말해주세요

아니예요 꿈에라도
한 번만 그 목소리 들려주세요

잘하고 있다고 말씀해 주세요

한 달짜리 인생

근로 계약기간은 한 달이었다
그달이 차면 종례할 때 이름을 불렀다
부르는 이름 속에 해고되는 사람과 해고되지 않는
사람이 분류되었다
이름들은 박스와 같았다
나갈 박스와 안 나갈 박스

그날이면 허름한 식당에서 환송식을 했다
우리끼리였다 해고된 언니들은
울었다

계약이 연장된 내 이름을 부를 때
괜히 언니들에게 미안해졌다

괜히, 라는 말뜻을 그때 알아차렸다

자신에 대한 패배감
대학 나온 년이... 라는 주위의 시선들

그 뒤 나도 해고 되었고 나도 울었다

괜히, 라는 말 참 부끄러웠다

한 대가리 노래

어스름 새벽달도 아직 떠 있는데

일어나 앉아 한 대가리 한 대가리

노래를 부르고 양말 신고 누룽지 끓여

흘 훌 마시고 일하러 간다네

한 대가리 한 대가리 노래를 부르고

서울 간 딸아이 자취방 월세

벌러 간다네 떠나버린 내 님은

소식을 모르고 한 대가리 두 대가리

세 대가리 세어가며 일하러 간다네

낮술 한 잔에 힘을 얻고 여기가

최후인가 저기가 최후인가

일하러 간다네 서울 간

딸아이 등록금 벌러 오늘도

한 대가리 하러 간다네

장마

아파트 건설 현장 표어도 중국말로
다 바뀐 지 오래
산업 안전 재해예방
다 중국말로 바꾼 지 오래
중국 사람한테도 밀리는데
비까지 오시네 보름이나 오시네
한 대가리
*대가리를 내놓아라 내놓지 않으면
구워 먹으리

* '구지가'를 변용

명절

정규직들은 명절이라 보너스에 선물 한 보따리
들고 회사 차로 고향 가는 기차 타러 역으로 가고
비정규직들은 보너스도 없고 선물 살 돈도 없어
버스 타고 자취방으로 돌아가 웅크리고 명절을 나던 시절
그 시절에서 얼마나 떨어져 왔나

사람 나고 돈 났지 돈 나고 사람 났나
하시던 어머니 말씀

엄마 살아보니 돈 나고 사람 났더라
사람도 사람 나름이더라

2부

어디선가에서 누군가
울고 있을 거란 생각에

밝고 명랑한 아이

생활통지서엔 늘 밝고 명랑한 아이라고
쓰여 있었답니다

고등학교 땐 매일 신문 사설을 읽었던 여고생이었고요

여대생이 되었을 때 세상을 바꿔 보겠다고
노동자를 위해 살겠다고 거리로 나갔을 때

교수님이 불러 그러시더군요

노무사가 되어 노동자를 도우면 되지 왜 이리
어려운 길을 가냐고요

저는 제 낡은 운동화를 내려다보며
이렇게 말씀드렸습니다

노동자를 돕는 것과
세상을 바꾸는 일은 다릅니다

계속해 보겠습니다

시월

시월 당단풍이 저토록 아름다운 것은

나무가 모두 시월의 당원이 되어

거친 비바람과 싸워 온 투쟁의 기록이다

자연은 싸워서 아름다움을 얻는다

스스로 그러하다

2007년

2007년이었어요

전국 여성노조 경남지부 상근활동을 시작했답니다

여성 비정규직 노동자들을 위한 활동을 시작했어요

저는 장애인을 지원하는 특수교육실무원분들을 담당했어요

이분들은 학교에서 일한다고 하니 괜찮은 자리라고 생각해서 취업한
분들이었어요

자격증도 여러 개 있고 자부심도 있었지만

거의 정교사의 '노예' 같은 느낌으로 일을 해야 한다고

하시더라구요

자존감도 상하고 속아서 들어왔다는 자각이 들기 시작했대요

분노라는 게 별 것이 아니더라구요

사람 밑에 사람 있는 거

또 그 밑에 밑이 있는 거

같이 투쟁했어요

노무현 대통령 시절 이분들이 무기 계약직으로 전환되었어요

조금의 변화

권리는 스스로 찾아야 하는 거더라고요

문자 통보

학비 노조란 학교 비정규직 노조

40대 50대 비정규직 여성 노동자

임금도 제대로 받지 못하고 몸 다치며

일을 해도 어느 날 문자 통보

해고

최저임금에 지켜지지 않는 근로기준법에도

아이들 급식 밥해 먹이는 일부터 걱정이었던

분들에게 문자 해고 통보

산재도 안 돼 노조 가입도 안 돼

첫 집회 첫 파업 경남에서 일천명

감동 감동 서로 안고 펑펑 울다

다시는 문자로 사람을 자르지 말라

다시는 문자로 통보하지 말라

우리는 사람이었던 사람

앞으로도

사람으로서의 사람

천막 농성

아스팔트 위에 천막을 치고
간이 테이블에 플라스틱 의자 몇 개 놓고
깔개 깔아 더러는 앉고 서도
아무도 떠나지 않았다
비가 오고 바람이 들이닥쳐도
어디선가에서 누군가 울고 있을 거란 생각에
어디선가에서 누군가 버티고 있을 거란 생각에
어디선가에서 누군가 함께 하고 있을 거란 생각에

이것만이라도 되면

주인아주머니께

죄송합니다
마지막 집세와 공과금입니다
정말 죄송합니다

세 모녀가 스스로 목숨을 끊기 전 남겼던 메모

하루에 먹고, 씻고, 화장실에서 써야 하는 최소한의 물 사용량,
1인 가구로 하면 한 달에 약 3톤
여기까지, 무상으로 공급된다면

불을 켜고 냉장고를 돌리고 여름에 냉방을 할 수 있는 최소한의 전기
한 집에 한 달에 265킬로와트 정도
이만큼까지, 무상제공이 된다면

그 이상은 요금을 받고, 누진세도 받는다면

상위 1.2%의 재벌과 부유층이 64%의 전기를 쓰고 있는데
재벌들의 산업용 전기는 싸게,
가정용 전기는 비싸게!

눈을 돌려
재벌에겐 비싸게 서민에겐 싸게

이것만 해도 되는데
이것이 출발인데

갑질

일본은 물질로 갑질을 하는데
우리는 을질도 마음대로 못 하는구나

삼중수소에 가려진
플루토늄 세슘 스트론튬

수돗물도 안 마시는 사람들이
핵 폐수는 잘도 마시는구나

바다를 버리면 바다도
우리를 버릴 것인데

오염수 방류를 반대하면
빨갱이로 모는구나

바다를 압색하고
자연을 구속하는구나

사람아
바다에 검은 물 흐른다

사람아

서이초 선생님께

교실 문은 드르륵 오늘도 열리지만
당신은 보이지 않았습니다

모든 죽음이 호소처럼 들리는 날이군요

꽃 같은 당신의 얼굴을 사진으로 봅니다

극성 엄마 아빠들의 갑질에
당신을 잃어버리고 교실 창문 밖
운동장을 바라봅니다

운동장은 평평한데
인간들이 운동장을 자꾸 기울게
하는 군요

교실에 서서 운동장 아이들을 바라보며
아이들의 꿈과 당신의 꿈을
가꾸고 키웠을 당신을 생각하면

부끄러움이란 단어가 더욱 사무칩니다

기울어진 운동장들이 다시 평평해지도록

선생님 다시 오소서

꽃으로라도 오소서

시장 할머니의 말씀

사람이 올 땐 그 사람의 손이 먼저 오는 거라
그 사람의 손을 어서 잡아야 되는 기라

세월의 인심이 다 변해도
그 사람의 손은 놓아선 안 되는 기라

잊어선 안 되는 기라

일과 꿈

남들은 월급 받을 때
우리는 시급

수당과 밥값을 달라고 하면

내부 블랙리스트에 이름이 적힌다

마치 흑판에

오늘 떠든 사람
이름 적히듯이

가을 하늘이 수 미터 높아지고
코스모스가 하늘거려도

이제 거창한 꿈은
꾸어지지 않아

우리가 꾸는 꿈은

동일노동 동일임금
고용안정

노동조합 할 권리

이 세가지이다

일본해

자고 일어났더니 동해가 일본해가 되었다네

우리가 2천 년 이상 불러왔던 동해가

일본해가 되었다네

그럼 독도가 일본해 속에 있다는 말인가

이제 일본의 다케시마 전략이 실행될 것인데

홀로 있다고

드넓은 바다 위에 홀로

이 나라와 이 민족을 홀로 담당하고 있다고

독도마저 버릴 것인가

독도는 우리의 마지막 양심

독도는 영원히 동해의 섬이어야 하네

세월

일터에서 죽은 동료를 생각하며
그리워하며 모였다
노래가 그쳤다 허름한 술집
돼지껍데기를 구워
너도 한 잔 나도 한 잔
손님 없는 식당에서
소리 낮춰 노래를 부르고
오지 않는 세상
오지 않는 사람
가슴 속 굳은 돌에
그 이름을 새겼다

분노는 왜 늘 약한 곳으로 가는가

물길을 돌리고
윗길을 낮추면
물은 위로도
흐를 수 있는데
분노는 왜 늘
약한 곳으로
가는가
위를 낮춰
분노를 강한 곳으로
가게 하자
우리가 우리를
아름답다 생각하면
되리라

등꽃

보라 보라 등꽃은 내 아버지 생전
아래를 보라 아래를 보라 하시던 말씀처럼
보라 보라 등꽃은 아래로 아래로 피는 꽃
일생을 땡볕에서 일한 노동자처럼 몸을 비틀어
나아가는 등나무 그늘에서 쉬어가는데
피었네
보라 보라 등꽃
아래를 보라 아래를 보라 등꽃

3부

차별은 인간들이 만든
쓰레기별입니다 여러분!

한국의 여성노동자 여러분!

OECD 국가 중 남녀 임금 격차 1위가 한국이란 것을

여성 노동자 중 절반 이상이 비정규직이란 것을

남자는 갑이고 여자는 을이란 것을

우리는 바꿔야 합니다

우리의 아이들에게

이런 것을 물려주면 안됩니다

우리의 아이들에겐

똑같은 임금 평등한 세상을 물려줘야 합니다

이 우주엔 차별이란 별은 없습니다

차별은 인간들이 만든 쓰레기별입니다 여러분!

거리

거리에서 살고 거리에서 죽겠다는 노숙자의
말에 쓴 소주 한 잔 마셨다
집이 있는 사람은 집으로 돌아가고
빌린 집이 있는 사람도 집으로 돌아가지만
집이 없는 사람은
거리가 집이고 거리가 사회이고
거리가 국가이다
권력자 부자 고위 관료
그들은 거리로 나오지 않는다
거대한 집에서 웃고 있다
하지만 언젠가는
하지만 언젠가는

스포츠 강사

학교체육수업에 해고 사태가 발생했다
눈사태와 같은 것이었다
사업 자체가 축소돼 예산도 줄었다
기자회견
아무도 앞에 나서서 얘기할 사람이 없었다
한 사람이 손을 들었다
투쟁은 이렇게 시작된다
한 사람이 손을 들고 또 한 사람이 손을 든다
경남이 가장 먼저
고용 안정을 쟁취했다
10개월 계약이 12개월 계약으로 바뀌는 순간이었다
한 사람이 손을 들고 또 한 사람이 손을 든다면
눈이 쌓인 산언덕을 오를 수 있다

유치원 방과 후 시간제 기간제 교사

마스크걸

고용의 불안함으로 가면을 쓰고 나와
기자회견

유치원 정교사 밑에서 1년에 한 번씩
재계약을 맺어야 해요

방과 후 교사 역할을 하지만

잡무 처리도 내 차지 정교사 우편물 작업
청첩장 라벨 부치는 작업도 내 차지였어요

차별받는 서러움 목숨 줄 쥔 사람의 험한 말

수치스러움에 울음이 터졌지만

교육청 앞에서 피켓팅 시위를 했어요

오래 싸웠지요

50여 명이 무기계약직으로 전환되었어요

이젠 정규직의 갑질과 싸웁니다

갑자기 이루어지는 일은 없어요

돌봄 전담사

즐거움이 없는 나라
기쁨이 없는 직장
다른 사람들이 월급을 받을 때
시급으로 계산되는 사람
수당도 없고
다쳐도 병원비도 없고
교육청 간담회에 갔다가
처음으로 로비 농성을
했답니다
소용없는 걸 알지만
농성을 했답니다
세월이 흘러 돌아보니
세상에 소용없는 일은 없었어요
소용은 우리가 만드는 것이더라구요

급식 노동자

내가 본 가장 아름다운 오전이었어요
노조 조합원 의무 교육을 하는데 교육감이 와서 인사를
하더라구요
학교에서
그저 밥하는 노동자 아줌마 이모 여사님 야! 언니
로 불리며 인정도 못 받고 차별만 받았는데
노조를 하니 비로소 대접받는 기분이었어요
무상급식 투쟁 때는
내가 본 가장 아름다운 밤이었어요
나란, 존재에 눈을 뜬
밤이었거든요

택배노동자

처음 노조를 만들어 파업 투쟁을 했어요
사측은 물량 배달을 직접 하더라구요
충격이었어요
이대로는 못 살겠다고 나온 거리
우린 투사니, 이념이니 이런 거 몰라요
해맑은 청년들의 눈빛이 분노로 바뀐 것뿐
우린 특수고용 노동자
근로기준법에 없는 노동자
노동절에도 일합니다

말 잘하고 글 잘 쓰면 뭐하노

몇 달째 동네 주민들과 쓰레기를 주우러 다닌다
나 정혜경
— 말 잘하고 글 잘쓰면 뭐 하노
산처럼 움직여야제
한 주민의 입에서 나온 말씀
말보다 글보다
쓰레기를 줍고 다닌다
급식소에도 칼 갈아주러 다닌다
무도 썰고 생선 배도 따고
대파 묶은 끈도 자르는 칼
칼을 갈아드린다
나는 아직 멀었다
내가 올라야 할 산 아직 높고
가파르다

나타샤

어디에서 왔는지는 묻지 않았다
나타샤! 라고 부르면 몇 명이 돌아본다는 나라일까
k팝이나 한국 드라마에 나온 한국은
어디에 있어요? 라는 질문
한국에 왔지만, 직업을 구할 수 없어
피씨방이나 비닐하우스 고시원 등지에 살며
김해로 양산으로 창원으로
밤마다 술집으로, 출근하는 나타샤

우리를 왜소하게 하는 것들

멀쩡한 배가 가라앉았다
아무도 책임지는 사람이 없었다
이태원에서 사람들이 깔려 죽었다
아무도 책임지는 사람이 없었다
해병대 상병이 죽었다
아무도 책임지는 사람이 없었다
교사들이 줄지어 극단 선택을 했다

아무도 책임지지 않았다
자살률 1위의 나라
요즘은 50대 남자와
10대 여학생들 자살자가
늘었다
아무도 책임지지 않았다
케냐의 누우떼가
세렝게티 초원을 향해 달릴 때
만나는 악어
만나는 사자 무리
몇 마리 누우가
사자와 악어에게 자신을 던져
누우떼는 초원으로 달려간다
인간사회에

이런 감동은 바라지도 않지만
아무도 책임조차 지려 하지 않는다

법대를 졸업하면

법대를 나오면
공무원이 되거나
노무사 법무사가 되거나
검사 판사가 될 줄 알았어
시험공부도 했지
어느 날 노동자들이 눈에 밟혔어
인간이 이리 하찮아져선
인간 노동의 가치가
이리 빛을 잃어선
안 되겠다
생각했어
부모님 마음도 아프게 했고
친구들도 떠났지
졸업하고
동문회에 가면
한 자리씩 하는 동문들의
웃음소리 넘어
창밖 늦게
퇴근하는
노동자들의 모습이 더 궁금해지는 걸
나도 참
어쩔 수 없네 친구야

골목

비 오고
어느 집 대문 사이로
부침개 굽는 소리
능소화 피는 소리
골목 밖
하필이면
비 오는 날 이사하는 소리
트럭 떠나는 소리
비 오고
어느 집 부부 얘기하는 소리
베롱나무꽃 흔들리는 소리
어느 집 웃음소리

당연하지만 귀한 소리
마땅하지만 드문 소리

선생님이 아파요

말썽 피우는 아이를 지도했다고
아동 학대법으로 고소를 당했어요

초등학교에선 반 아이들의 놀림 속에 살아요

학부모님들
선생님이 아파요

자식 귀한 줄 누가 모르나요
선생님이 죽어 나가요

선생님도 다 귀한 자식들입니다

이럴 바에야 아이들을 왜
학교에 보내나요

선생님이 을인가요

학교에 어울리지 않는 건 폭언과 폭력입니다
학교에 어울리지 않는 건 갑질하는 학부모입니다

갑의 언어에는

귀청이 떨어지는 갑의 언어엔
가장 낮은 자들의 합창을 들려주자
개돼지들에겐 개돼지밖엔 보이지 않는다
소름 끼치고 모욕적인 갑의 언어엔
가장 약한 자들의 연대를 보여주자
늦은 밤의 피로에도
환한 아침의 설레임을 기다리는 우리들
예의와 정중과 배려가 있는 사회를
꿈꾸자
거만하고 배부른 갑의 언어에는
더 이상 당하지 않는
더 이상 소외되지 않는
아름답고 힘찬 을의 언어들을 들려주자
갑의 언어엔 기름기만 잔뜩 들었다
부패한 냄새가 거리를 뒤덮는다
가난하지만, 채송화 화분을 내놓고 사는
을의 언어를 창조하자
이 도시를 사회를 국가를 씻어내자
을의 언어로
을의 언어로

4부

사람 냄새 나는
세상을 말하는 것

궁궁을을

난세의 피난처
백성들의 조화로운 세계를
궁궁을을이라고 한다지요
한자로 사람인, 자처럼
을들은 을들에 기대어 삽니다
궁궁을을은 사람이 함께 가는 모양처럼
보입니다
몸이 불편하면 업어주고
힘들어하면 등을 두드려 주며
함께 가는 길이
사람 사는 길이지요
궁궁을을은
사람 냄새 나는 세상을 말하는 것
같아요

기억합니다

독립투사를 독립투사로 부르지 못하게 하는 사람들을
기억합니다
사람이 죽어 나가도 아무도 책임지지 않는 사람들을
일본 국회의원이 원전 오염수를 음료수 기준이 아니라
플랑크톤 물고기 마지막 포식자 인간으로 이어지며
더욱더 농축된다는 생태 농축 기준으로 보아야 한다는 것을
기억합니다
뉴라이트 친일 세력들이 광화문 광장 세종대왕과 이순신 장군 동상을
철거해야 한다는 주장을
똑똑히 기억하겠습니다
아래로 아래로 흐르는 물길을 다 차단하고
부자 감세 우크라이나 거액 투척으로
재벌 부자 고위 관료들에게만 물길을 갖다 대는 사람들을
기억하겠습니다
갑들이 말한 개돼지, 라는 말을
끝까지 기억하겠습니다
갑은 배 위에 타 있지만
을들은 물입니다
을들이, 이 수많은 물들이 지금도 흐르고 있습니다
기억하겠습니다

우리는 모였습니다

광장에 거리에 골목에
우리는 모였습니다
가장 멀리서 온 사람을 위해
앞자리를 내주었습니다
함께 밥이라도 먹기 위해
함께 걷고 나란히 서기 위해
우리는 찾아왔습니다
오랜 시간이 걸렸습니다
눈도 맞았고
비도 맞았습니다
뜨거움과 차가움
식어가고 끓어오르는
울음도 보았습니다
우리가 가고자 하는 그날은
어디에 있을까요
우리가 당도하고자 하는 그곳은
어느 곳에 있을까요
버스로 기차로 걸음으로
우리는 모였습니다
불빛이라도 함께 모으기 위해
두 손을 모으고
가까이 더 가까이 모였습니다

각자의 온도라도 나누기 위해
추운 세상에 찾아들었습니다
우리는 우리에게 당도하고
우리는 당신에게 당도할 것입니다

천사

폐지 리어카를 비 맞으며 끄는 노인네를 젊은 아가씨가
우산을 씌워주며 같이 간다
아가씨의 오른쪽 어깨가 다 젖고
사진 한 장에
내 양쪽 눈에서 눈물 난다
비가 너무했다

사랑

밖에서 밖으로 떠도는 사람들을 만나면 반갑다
길 위의 마음 길 위의 포옹 길 위의 사랑
살아보니 그것밖엔 남는 게 없더라

서울역에서

서울역에 내리면
이 세상에 처음 온 사람처럼 두리번거린다
우우 몰려갔다가
갑자기 텅 비어버릴 것 같은
서울
가지 자르고 다듬고
주사액 맞으며
화병에 꽂힌 꽃들
처음 만나는
건강하고 아름다운 이들의
손을 맞잡고서야
숨이 쉬어졌다
서울아 여기서도
모든 결론은 사람이기를

시

시라고는 여고생 때 일기에 쓴 게 다인데
무에 아름답게 살았다고
시랍시고 끄적인다
메모면 어떻고 낙서면 어떠랴
사람이 시이고 사람 사는 게 다 시인데
밥 덜어주는 할머니의 말씀
그 말이 시네요
부끄러운 내 대답
세상은 이웃들의 말씀만 같아라

이웃들

편의점 야간 알바를 마치고 군대 갈 날만 기다리는
혁수 돈은 귀중하다고 버스 세코스를 걸어 다니며
생선 가공 공장에 다니는 영미
삼각김밥 단팥빵 컵라면으로 세끼를 해결하는
빌라 청소부 혜자씨
임대 아파트 당첨만 기다리는 오토바이 배달부
김씨

이분들이 세상의 주인이 될 날을 기다린다
그날이 오면 고운 꽃들이
더 곱게 필 것이다

밖에서 일하는 사람들

비지땀을 흘리며, 언 손을 호호 불며
밖에서 일하는 사람들
살면서
무언가를 공짜로 받아본 적이 없는 사람들
쫓겨나고
내몰리고
차별받으면서
이 세계의 문명을 만들어 낸 사람들
그 사람들에게서
다 내주고도
말없이 꽃을 피우는 대자연을 본다

시장통 뻥튀기 아저씨

어느 날은 다 태우는 날도 있소
헛꿈 꾼 날인가, 하오
세상사 다 거짓말 같기도 하고
내가 꾸는 꿈도 다 거짓말 같기도 하지
담배 한 대 피우고
막걸리 한 잔 마시고
바가지에 들고 온
옥수수 씨앗이며 귀리며를 붓고
기다렸다 당기면
고소한 것들이
뻥! 하고 튀어나오지
세상은 그렇게 돌아가는 거요
이봐요
새댁 비싸다고 하지 말아요
인자는 우리 같은 사람도
보기 힘들어
살아도 살아도 남는 게 없소
다 뻥이지
부모님도 잠깐
자식도 마누라도 잠깐
다 뻥이지 뻥이야!

건네는 말

굳이 입을 벌려 말하지 않아도
늦여름에 핀 채송화에 쪼그려 앉는 일이
내 말이어요
소리쳐 외치지 않아도
손을 흔들면
부디, 잘 가라는 내 말이어요
버려진 자전거와
비를 맞고 있는 오토바이
부서진 담벼락 위의 화분들
지쳐 비틀거리며 귀가하는 가장들
다 내 말이어요
굳이 말하지 않아도
시장 바닥에 주저앉아
쪽파를 다듬는 할머니들
굳이 내 말을 들으려 하지 말아요
내 말은
거기에 있어요
거기에 다 있어요

아침

설레였던 아침을 기억합니다
아침은
역사와
현실을 만들 수 있는 시간
새로운 아침을 기다립니다
지금의 절망이 없는 날을 기다립니다
불행은 당연한 것이 아니죠
아침은
자신을 혁명하고
세상을 바꿀 수 있는 시간입니다
이 시간엔
일어나
역사를 생각하고 현실을
똑바로 바라봅니다
우리는 아름다운 시간들을
기억합니다
우리의 아름다운 시간들을
이제 가져와야겠습니다
있어야겠습니다

새벽을 건네받는 사람들

지난밤으로부터
*지귀장날 새벽을 건네받는 사람들에게
차 봉사하러 가는 날

생선을 파는 한 중년의 여인에게
차 한 잔 드릴까요. 웃으며 물었는데

여인은 어찌할 바를 몰라 당황해하신다

태어나 단 한 번도 남에게 선의를 받아본 적이
없는데....

타인에게 존중 같은 것도 받아본 적이 없어
어찌할 바를 모르는 분도 있었다

진짜 선의를 받아야 할 사람은
진짜 존중을 받아야 하는 사람은

누구인가

*지귀시장: 창원에 있는 5일장 재래시장

한통의 전화

한 통의 전화가 있었다

학비노조 사무실이었다

수화기 건너편

저.... 노조 탈퇴하려고 합니다

왜 탈퇴 하시려고 하나요

퇴사했습니다

왜 퇴사하셨나요?

일하다 병이 들었는데
수술과 치료를 계속 받아도 낫지를 않아
한 사람 분의 일을 다 해내지 못했어요
동료들에게 미안해서 사직서를 냈습니다

일하다가 병이 들었는데
일하다가 다쳤는데
왜 동료에게 미안해야 하나

왜 스스로 일터를 떠나야 하나
도대체 누가 책임져야 하나

창밖에 꽃들이 저렇게 피었는데

또 한 통의 전화가 온다

을들의 저항

학교에서 비정규직 노동자로
마트에서 비정규직 노동자로
금속 사업장에서 하청, 비정규직 노동자로
건설 현장에서 일당바리 노동자로
택배 현장에서 특수고용 노동자로
공공기관에서 비정규직 노동자로
병원에서 비정규직 노동자로
콜센터 비정규직 노동자로

똑같은 말을 듣는다
평생 성실하게 내 자리에서 내 일만 잘하면
처우는 알아서 잘해 줄 줄 알았다

돌아오는 건 해고와 최저임금

이대로 살 수 없어
을들이 일어선다

이대로 살 수 없어
잘릴 것도 감수하고 불구덩이로 뛰어든다

이대로 살 수 없어

노동조합을 만든다

이대로 살 수 없어
주먹 불끈 쥐고 아스팔트 위에 선다

갈라진 아스팔트를 뚫고 붉은 맨드라미가 피었다

추천사

시집 『을들의 노래』를 읽는 내내 마음이 아팠다. 지금은 거의 사라진 노동 현장에서 우러난 노동시를 읽는 마음도 그렇지만, 그보다는 모든 것이 풍족하다는 오늘날 우리의 현실이 실은 허상이라는 것을 확인하는 마당이어서 그러했다. 시집에 담긴 58편의 시들은 편편이 차별과 억압으로 얼룩진 우리의 현실을 충분히 드러내고 있으면서도 또한 충분히 시적인 형식과 운율이 매끄럽고 자연스럽다. 그러한 점에서 2023년의 시점에서 씌어야 할 노동시가 탄생한 것이라고 하지 않을 수 없다. 역시 정치나 사회적인 모든 것이 그렇지만 시도 평범한 사람들이 쓰는 것이 맞다.

박관서
(시인, 한국작가회의 사무총장)

정혜경 시집
을들의 노래

초판1쇄 발행 2023년 11월 20일

지은이 정혜경
펴낸이 이지순

편집 성윤석 **디자인** 디자인무영
제작 뜻있는 도서출판
경남 창원시 성산구 중앙대로 228번길 6 센트럴빌딩 3층
전화 055-282-1457
팩스 055-283-1457
이메일 ez9305@hanmail.net

펴낸곳 사유악부
(사유악부는 뜻있는 도서출판의 현대문학 분야 출판 임프린트입니다)

ISBN 979-11-971175-6-5 03810